ÉTUDE HISTORIQUE

SUR

LA SAINT-CHARLEMAGNE

LECTURE

Faite en Séance publique à la Société des Études historiques

Le 23 Avril 1882

PAR

EUGÈNE D'AURIAC

CONSERVATEUR SOUS-DIRECTEUR ADJOINT A LA BIBLIOTHÈQUE NATIONALE

DE MON MIEUX

AMIENS

TYPOGRAPHIE DELATTRE-LENOËL,

32, RUE DE LA RÉPUBLIQUE, 32.

1882

ÉTUDE HISTORIQUE

SUR

LA SAINT-CHARLEMAGNE

ÉTUDE HISTORIQUE

SUR

LA SAINT-CHARLEMAGNE

LECTURE

Faite en Séance publique à la Société des Etudes historiques

Le 23 Avril 1882

PAR

EUGÈNE D'AURIAC

CONSERVATEUR SOUS-DIRECTEUR ADJOINT A LA BIBLIOTHÈQUE NATIONALE

AMIENS

TYPOGRAPHIE DELATTRE-LENOEL,

32, RUE DE LA RÉPUBLIQUE, 32.

1882

*Extrait de l'*INVESTIGATEUR, *Journal de la* Société des Études historiques.

(Mars-Avril 1882).

LA SAINT-CHARLEMAGNE

I

Il n'est pas un ancien élève de lycée ou de collège de l'Académie de Paris, qui ne se rappelle cette bonne fête des écoliers. Après la rentrée des classes, on ne pensait qu'à la Saint-Charlemagne. Chacun aspirait à une place de *premier* pour assister au banquet. Mais, hélas ! il était toujours trop limité le nombre de ceux qui avaient le bonheur de goûter au veau froid et à la galantine, à la charcuterie sous toutes ses formes, et aux gâteaux arrosés d'un champagne douteux.

On était moins bien traité qu'on ne l'eût été dans sa famille, c'est vrai ; mais on avait l'honneur de figurer parmi les convives de la Saint-Charlemagne, et il n'en fallait pas davantage alors — il n'en faut même pas plus aujourd'hui — pour être heureux.

Mais pourquoi cette fête scolaire? D'où vient cet usage? D'une ancienne tradition qui fait remonter l'origine de l'Université de Paris jusqu'au règne du célèbre roi des Francs, et l'Université elle-même a conservé cette tradition, en célébrant la Saint-Charlemagne comme la fête de son fondateur.

Les faits ne répondent pas cependant à cette opinion généralement répandue. Il n'en pourrait être ainsi que si l'on considérait l'*Ecole Palatine* et les différentes écoles fondées sous Charlemagne, comme ayant eu une action directe sur la corporation connue sous le nom d'*Université*. Celle-ci ne date, en réalité, que de Philippe-Auguste, et l'ordonnance qui la constitue ne remonte pas au delà de l'an 1200.

Jusqu'à cette époque les maîtres et élèves dépendaient de la cathédrale, et les écoles avaient partout été annexées aux églises et aux monastères : il n'y avait pas d'autre lieu d'enseignement.

Charlemagne qui montra certainement un grand zèle pour l'instruction, telle qu'on la comprenait de son temps, voulut faire revivre les traditions de l'empire romain. En conséquence, il prescrivit d'établir près de chaque évêché, et dans chaque monastère, des écoles où les enfants pussent apprendre le calcul, la grammaire et le chant. C'était peu sans doute, mais c'était un commencement, car, on doit le constater, avant le règne du fils de Pépin, l'Occident vivait dans une ignorance presque complète de toutes choses.

Dès l'an 787, Charlemagne avait ramené de Rome quelques maîtres célèbres, et deux ans après, il recommandait particulièrement aux métropolitains, évêques, abbés et autres ecclésiastiques, d'instituer des écoles pour instruire la jeunesse [1]. Le clergé reprit alors son véritable rôle de promoteur du développement intellectuel. Dans un capitulaire de Théodulf, évêque d'Orléans, se trouvent ces instructions : « Si quelque fidèle veut confier aux prêtres ses enfants pour être instruits dans les lettres, les ecclésiastiques ne doivent pas refuser de les leur enseigner, mais le faire avec une grande charité, ne rien exiger d'eux pour ce service, et ne recevoir que ce que les parents leur offriront volontairement. » Ainsi ces écoles étaient accessibles à tous les enfants, qu'ils fussent de condition servile ou d'origine noble. On voit que l'instruction gratuite date de loin [2].

Les efforts de Charlemagne ne furent pas inutiles, car les écrivains qui se firent connaître aux siècles suivants sortaient tous des modestes écoles fondées par ce prince.

Sous le faible successeur de Charlemagne, le concile de Paris tenu en 829 supplia l'empereur d'établir des écoles publiques ; mais Louis le Débonnaire ne sut rien accomplir, et ce ne fut qu'au xiie siècle que

---

(1) Constitutio de scholis per 'singula episcopia et monasteria instituendis. — *Capitularia regum Francorum*, Stephanus Baluzius edidit. P. 1780. t. I, p. 201-202.

(2) Adalard, parent de Charlemagne, fonda, en 824, une école gratuite à l'abbaye de Saint-Martin de Tours. Leidrade, archevêque de Lyon, suivit aussi cet exemple en faisant enseigner la lecture et le chant dans son palais. — Caes. Egasii Bulaei *de Patronis IV nationum Universitatis*. P. 1662, p. 81.

maîtres et écoliers se formèrent en corporations, selon l'usage du temps. Ainsi naquit la célèbre Université de Paris à laquelle Philippe-Auguste accorda divers privilèges, et qui se proclamait elle-même la fille aînée des rois [1].

Charlemagne conquérant, législateur, politique, amateur et protecteur des lettres, des sciences et des arts, avait le goût et le sentiment innés de ce qui rend l'homme puissant et noble sur la terre. Agé de trente ans et déjà roi, il savait à peine écrire. C'est alors cependant qu'il exerça à mouler des lettres romaines sa main plus habile à manier l'épée [2]. Plus tard il apprit la grammaire d'un diacre italien, Pierre de Pise; puis il se fit initier par le savant Alcuin à la connaissance des arts libéraux, de l'astronomie, de la musique et des lettres sacrées. Non seulement il parvint ainsi, nous dit Eginhard, à parler et à dicter en latin, aussi bien qu'en tudesque, son idiome maternel, mais il entendait et lisait également la langue grecque [3]. Enfin il entreprit la composition d'une grammaire germanique et fit réunir les *Chansons de Gestes*, ces poésies nationales qui, avant d'occuper une si grande place dans notre histoire littéraire, jouèrent un rôle important sur les champs de bataille.

Cependant ses efforts pour la restauration des lettres et des sciences ne se bornèrent pas à l'influence déjà si puissante de l'exemple personnel. Il rassembla à Rome, comme nous l'avons déjà dit, des hommes instruits, des maîtres qu'il conduisit en France et dans la Germanie, puis il en appela d'autres qui répandirent autour d'eux la science et l'instruction.

« On peut apprécier, dit un historien moderne, toute la distance qui sépare la royauté barbare et l'empire chrétien de Charlemagne, en comparant à la *truste* des anciens chefs franks, batailleurs et amis des festins, le cortège de savants, de lettrés, de poètes, dont le fils de Pépin aima toute sa vie à s'entourer, et qui formait ce qu'on appelait l'*Académie Palatine*. Ses relations avec Rome avaient développé chez lui le goût des lettres et des arts. A chacun de ses voyages en Italie, il

---

(1) *Recueil des privilèges de l'Université de Paris*, Paris, 1674.
(2) Vallet de Viriville : *Histoire de l'instruction publique en Europe*. P. 1849, p. 82.
(3) Eginharti *Vita Karoli regis magni*, cap. XXV.

en ramena quelques-uns de ces savants qui firent de la France, au
IXᵉ siècle, le foyer de la vie intellectuelle de l'Europe [1] ».

Un historien fort curieux, mais très crédule, et d'un témoignage
souvent suspect, le moine de Saint-Gall, raconte que, dès les com-
mencements du règne de Charlemagne, deux clercs Ecossais, venant
d'Irlande, débarquèrent sur les rives de la Gaule. Ils n'étalaient
aucune marchandise, mais chaque jour ils criaient à la foule qui
venait faire des emplètes : « Si quelqu'un désire de la science, qu'il
vienne à nous, et qu'il en prenne, car nous la vendons. » D'abord on
les écouta sans rien comprendre à leur annonce, puis on les crut
fous, et le bruit de leur arrivée parvint jusqu'au roi Charles qui
les fit venir en sa présence. » Est-il vrai, leur dit-il, que vous possédez
la science ? — Oui, répondirent-ils, et nous sommes prêts à la donner
à ceux qui la cherchent sincèrement. — Quel prix désirez-vous, pour
cela ? — Nous réclamons seulement des emplacements convenables,
des créatures intelligentes, et ce dont on ne peut se passer pour le
pèlerinage de la vie, la nourriture et le vêtement. » Comblé de joie
par ces réponses, le roi les garda auprès de lui ; mais bientôt, forcé
de partir en campagne, il ordonna à l'un deux de rester dans la
Gaule et d'y instruire les enfants de haute, moyenne et basse condition.
L'autre fut envoyé en Italie pour y ouvrir une école dans le monastère
de Saint-Augustin, près de Pavie [2].

Cette historiette, singulièrement amplifiée par la suite, devint au
moyen-âge le texte sur lequel se fonda cette tradition que l'Université
de Paris avait été établie par Charlemagne. Ce qui est positif c'est
qu'avec l'aide d'Alcuin, il restaura les écoles. Ces écoles-mères
enfantèrent d'autres écoles, et celles-ci ne cessèrent de se multiplier
pendant plus d'un demi siècle.

Charlemagne apporta aussi de notables changements à la science
du droit et à l'état de la législation ; mais il ne fit rien pour la
médecine qui d'ailleurs n'existait pas alors comme science, et resta
longtemps encore à l'état stationnaire. Le roi des Francs, d'après

---

[1] Alphonse Vétault. *Charlemagne*. Tours 1877, p. 376.
[2] Dom Bouquet. *Recueil des historiens des Gaules et de la France*, t. V, p. 1744.
— *De scriptis Caroli Magni libri duo*, p. 106.

Eginhard, ne pouvait souffrir les médecins qui voulaient, à ce qu'il paraît, changer son régime de vie et lui en prescrire un autre.

II

Quand, au xiiᵉ siècle, les écoliers commencèrent à quitter la cité pour s'établir sur la montagne Sainte-Geneviève et notamment à l'abbaye de Saint-Victor, ils obtinrent divers privilèges du roi Philippe-Auguste, qui, par lettres données à Béthisy, les exempta de la juridiction du prévôt de Paris [1]. Les étrangers affluèrent alors aux écoles, et l'on distingua par nations les écoliers de l'Université. Il y avait quatre nations : *France*, *Picardie*, *Normandie* et *Angleterre*. Chaque nation avait une école particulière dans la rue du Fouare ; mais la nation d'Angleterre ayant accueilli des Germains, ne tarda pas à être absorbée par ceux qu'elle avait reçus dans son sein, et elle devint la nation d'Allemagne.

Ce fait se produisit vers le milieu du xvᵉ siècle. Or, Charlemagne avait toujours été invoqué par les écoliers de la Germanie [2]. Dès l'an 1167, l'empereur Frédéric Barberousse, qui avait voué à Charlemagne une vénération particulière, avait obtenu de l'antipape Pascal III la canonisation du voluptueux et cruel potentat. Et lorsque le nom d'Allemagne devint celui de la nation qui avait porté le nom d'Angleterre, les Germains se mirent en devoir de célébrer le culte de l'empereur qui avait cependant été le bourreau des Saxons. L'histoire nous apprend qu'à Verdun seulement, il fit exécuter en un jour 4,500 prisonniers [3].

---

(1) Si les bourgeois voient insulter un écolier, ils doivent en témoigner... Si cet écolier est frappé, il faut arrêter l'agresseur, le roi en fera justice. Le prévôt ou l'officier de justice ne pourra mettre en prison un écolier que s'il est pris en flagrant délit. — *Ordonnances des rois de France*, t. I, p. 24.

(2) Tant que cette nation avait porté le nom de nation d'Angleterre, elle était restée sous le patronage de S. Edmond. — Caes. Egassii Bulaei *de Patronis IV nationum Universitatis.* P. 1662, p. 70.

(3) *Annales Palatii* t. I, p. 165, dans les *Monumenta Germaniæ historica*.

Peu de temps après la mort de Charlemagne, on commençait à parler de sa sainteté, et déjà, vers l'an 990, les Allemands le considéraient comme un saint. Cependant il ne leur fut pas permis d'établir une fête en son honneur. Tout porte à croire que les Germains l'invoquaient en particulier comme leur patron; mais il ne purent lui consacrer officiellement un jour avant l'année 1480, époque à laquelle Louis XI autorisa la célébration de sa fête, fixée au 28 janvier, anniversaire de la mort de l'empereur.

Charles VII avait constamment refusé aux Germains la permission de célébrer le culte de Charlemagne; mais Louis XI ne se contenta pas de céder à leur sollicitations : il ordonna d'honorer la mémoire de son illustre prédécesseur, et il créa, à cet effet, une institution régulière dont les cérémonies ne furent toutefois accomplies que pendant quelques années [1].

Le xvie siècle se passa sans qu'il fût question de S. Charlemagne. Les papes légitimes n'ayant pas réclamé contre la canonisation de l'empereur, le décret de Pascal III avait, pour ainsi dire, acquis force de loi, de telle sorte que, soit par permission tacite, soit par tolérance, Charlemagne a pris place parmi les saints de l'église catholique [2].

L'auteur des *Petits Bollandistes* dit, à ce propos: « Quoique la canonisation de Charlemagne ne soit pas faite dans les formes ordinaires de l'Eglise romaine, néanmoins le culte qu'on lui rend en France et en Allemagne.... nous oblige à lui donner place dans ce recueil, afin de contenter la piété des peuples qui ont tant de vénération pour sa mémoire. » Et plus loin, il ajoute : « Le Saint-Siège,

---

(1) Les comptes du trésorier de la nation allemande pour l'année 1489, nous fournissent les indications suivantes :

In festum Caroli M. pro distributionibus magistrorum ac bedillorum, 2 librae par.
Item pro distributionibus curati, 2 s. par.
Item pro servientibus in Missa et in Vesperis, 6 sol.
Item pro bono homine et clerico, 2 sol. 2 d.
Item pro organista, 2 sol. par.
Item pro illo qui cantavit missam, 2 s. par.
Item pro offertorio, 2 s. par.
— Caes. Egassii Eulaei *de Patronis IV nationum Universitatis*. P. 1662, p. 73.
(2) Guérin. *Vies des Saints*. T. 11, p. 80, 84.

sans vouloir approuver une procédure irrégulière, ni la recommencer dans les formes, puisqu'on ne le lui a jamais demandé, a cru devoir respecter ce culte dans tous les lieux où il a été établi. »

III

Nous avons vu comment Charlemagne était devenu le patron reconnu de la nation d'Allemagne ; mais, il faut le constater, quand ils eurent conquis le droit de le fêter, les Allemands ne tardèrent pas à le négliger. Tandis que les grands messagers de l'Université se faisaient un devoir d'assister à une messe solennelle en l'honneur de Charlemagne dans l'église des Mathurins [1], la nation d'Allemagne l'oubliait, et ce fut au commencement du xviie siècle seulement qu'elle se décida à faire célébrer, au jour anniversaire de sa mort, une messe dans l'église des SS. Côme et Damien. On doit dire aussi que le tribunal de l'Université venait alors de rendre un statut en vertu duquel le culte de l'empereur devait être commun aux trois autres nations. Or, ces trois dernières nations avaient chacune leur paroisse différente : la nation française allait entendre la messe à Saint-Étienne des Grès ; la nation picarde, à Saint-Julien le Pauvre ; la nation normande, à l'église des Mathurins, où se réunissaient également les grands messagers.

Au mois de janvier 1629, le recteur Nicolas Le Maistre publia un un mandement portant que la Saint-Charlemagne devrait à l'avenir être célébrée dans toutes les écoles [2]. D'après ce mandement, daté

---

(1) Un autel était consacré à Charlemagne, et les grands messagers lui avaient fait élever une statue. Ils avaient aussi fait frapper une médaille réprésentant l'empereur portant une épée de la main droite et le globe de la main gauche. Dans la légende gravée autour, on lisait ces mots : *S. Carolus magnus, magnorum nunciorum patronus*. Sur le revers de cette médaille, on voyait une main tenant un livre au milieu de trois fleurs de lis, avec cette légende : *Haec Nuncia Veri*. — Caes. Egassii Bulaci *de patronis IV nationum Universitatis*. P. 1662, p. 74.

(2) Du Boulay. *Carlomagnalia*. P. 1662, p. 15. — Charles Jourdan. *Histoire de l'Université de Paris*. P. 1862, p. 124.

de Beauvais, la fête devait avoir lieu le lundi 29 janvier, et le recteur espérait ainsi jeter un certain éclat sur l'Université de Paris ; mais l'indifférence répondit seule aux efforts de Le Maistre. Pouvait-il en être autrement à une époque où les idées religieuses dominaient tout ? La canonisation prononcée par un antipape ne paraissait pas très régulière, et bien peu de personnes auraient osé se mettre mal avec l'Eglise. Sans doute le monarque franc avait été déclaré le patron de la nation d'Allemagne ; mais nul ne se souciait de le reconnaître ; malgré les injonctions du roi Louis XI, qui avait ordonné, *sous peine de mort*, d'honorer le jour de sa fête par la cessation de toute espèce de travail. Oui, sous peine de mort ; trois historiens nous l'affirment : Robert Gaguin, Claude Fauchet et Egasse du Boulay.

Le célèbre chroniqueur Robert Gaguin, qui vivait sous Louis XI, nous dit : « *Ludovicus XI Carolum a Parisiensibus coli nostrâ œtate imperavit ; missis vicatim nunciis, qui diem festum celebrari populo indicerent, pœnâ capitis repugnantibus indictâ* [1] ». Le président Fauchet confirme le fait en ces termes, quand, à propos de Charlemagne, il écrit : « Sa mémoire est demeurée sainte à l'endroit de plusieurs roys venus depuis, comme Frédéric, empereur, qui le fit canoniser et sanctifier, et mesme, Louis onziesme, roy de France, ordonna que sa fête seroit célébrée, envoyant gens par les villages commander de ne travailler en ce jour sous peine de la vie [2] ». Enfin l'ancien recteur de l'Université, Du Boulay, vient appuyer cet acte royal en disant : « *Ludovicus XI festum illud imperavit circa an. 1480 perpetuisque temporibus celebrari voluit ; addens etiam pœnam capitalem, si quis secus facere aut celebrare contemneret* [3]. »

Donc malgré tant d'efforts, le culte de Charlemagne n'avait jamais pu s'établir d'une manière fort efficace, et le mandement du recteur de l'Université n'eut pas plus d'effet que l'édit royal. Nicolas Le Maistre avait pourtant accordé un jour de congé aux professeurs et aux écoliers, mais la plupart des principaux de collèges refusèrent

---

(1) Rob. Gaguini *Rerum Gallicarum annales* : Francof. ad Mœnum. 1577, p. 54.

(2) Fauchet, *Fleur de la Maison de Charlemagne*. P. 1601, p. 171.

(3) *Carlomagnalia, seu feriæ conceptivæ Caroli Magni in scholis Academiæ Parisiensis observandæ*, P. 1662, p. 11.

de s'y soumettre ou ne le firent exécuter que très imparfaitement.

Soit qu'ils fussent indifférents au culte de leur patron, soit qu'ils ne se sentissent pas assez forts pour vaincre une pareille résistance, les recteurs qui succédèrent à Le Maistre ne parlèrent nullement de S. Charlemagne, et sa fête resta, sinon abandonnée, du moins fort négligée pendant trente-deux ans. Mais en 1661, les choses commencèrent à changer de face. César Egasse Du Boulay, régent de rhétorique au collège de Navarre, venait d'être élu recteur le 10 octobre 1661, lorsque, deux mois plus tard, le 16 décembre, en vertu d'un statut du tribunal de l'Université, il rappelait à tous les principaux des collèges les devoirs auxquels ils étaient tenus envers celui qu'il qualifiait d'auguste patron, et dont le culte devait être commun aux quatre nations. En conséquence, il leur enjoignait de célébrer annuellement sa fête le 28 janvier [1].

Il fallut obéir ; mais l'année suivante, et pendant plusieurs années encore, il fut nécessaire de renouveler la publication de l'arrêt rendu par Du Boulay. Enfin la solennité de la S. Charlemagne commença à prendre le caractère d'une véritable institution scolaire seulement en l'année 1674.

Voici comment les choses se passèrent.

Le 13 janvier, Nicolas Marguerie, alors recteur, informa la faculté des arts qu'un maître de la nation de France avait l'intention de fonder une messe en l'honneur de S. Charlemagne, dont on prononcerait le panégyrique après la cérémonie religieuse. En outre, il faisait savoir que cent livres de rente étaient affectées à cette œuvre pie, afin qu'une indemnité pût être accordée aux officiers et suppôts de l'Université qui y prendraient part.

Le généreux donateur, qui témoignait ainsi sa vénération envers l'auguste patron des études et des lettres, et dont le nom ne fut pas prononcé, n'était autre, faut-il le dire ? que l'ancien recteur Egasse Du Boulay, alors greffier. Fidèle, jusqu'à la fin de sa carrière, aux convictions et aux sentiments qu'il avait exprimés dans ses ouvrages, il voulait rehausser l'éclat de l'Université. Ses offres furent accueillies avec recon-

---

(1) Ch. Jourdain. *Histoire de l'Université de Paris*, p. 218.

naissance; mais on doit croire que la pensée de laisser prononcer l'éloge de Charlemagne ne fut pas aussi facilement acceptée par l'autorité ecclésiastique. Il fallut, en effet, faire des démarches répétées auprès de l'archevêque de Paris pour qu'il ne mît pas d'obstacle à la fondation projetée. Enfin Mgr. François de Harlay-Champvallon accorda l'autorisation demandée, la veille de la cérémonie, le 27 janvier, mais non toutefois sans en avoir conféré avec le grand maître du collège de Navarre [1].

Or, en cette année 1674, le 28 janvier était un dimanche, et la Saint-Charlemagne fut célébrée avec une pompe inaccoutumée dans la chapelle du collège de Navarre. La foule qui y assista était immense. Ce fut un régent de rhétorique du collège du Plessis-Sorbonne, Mᵉ Belleville, qui prononça le panégyrique du roi des Francs, et il s'en acquitta à merveille (*pulchrè peroravit*). On distribua des bonbons aux assistants, et les maîtres se réunirent ensuite dans un banquet; enfin la journée du lendemain fut accordée tout entière en congé aux écoliers [2].

C'était un début, un excellent début; mais il fallait en assurer le succès, et pour y parvenir, on résolut l'année suivante, d'appeler au banquet de la Saint-Charlemagne les principaux élèves de chaque collège. Ce dernier acte fut la véritable consécration du patron de l'Université [3].

Depuis cette époque, cette fête est passée si avant dans les mœurs de la jeunesse studieuse qu'après deux siècles, et malgré les révolutions, elle se célèbre encore avec la même joie et le même entrain, non pas dans toute la France, comme beaucoup de personnes le supposent, mais seulement dans le rayon de l'Académie de Paris, à Bourges, Chartres, Blois, Orléans, Châlons-sur-Marne, Reims, Beauvais, Melun et Versailles.

Les meilleurs élèves de chaque lycée, ceux qui se disputeront les

---

(1) Ch. Jourdain. *Histoire de l'Université*, p. 237.

(2) Ch. Jourdain. *Histoire l'Université*. Pièces justificatives CXXX.

(3) Jusqu'à la fin du siècle dernier, l'Université, le Palais et le Châtelet vaquèrent tous les ans, le 28 janvier, en honneur de Charlemagne, que l'on regardait comme le restaurateur des lettres en France.

prix à la fin de l'année, sont réunis dans un banquet fraternel auquel assistent le proviseur et les professeurs. Quelques discours sont prononcés après le repas, toujours plein de gaieté, et la fête se termine généralement par la lecture de deux pièces de vers latins et français composés par des élèves de rhétorique.

Peu nous importe maintenant que Charlemagne occupe à un titre plus ou moins légal un rang parmi les bienheureux. Après avoir été le patron de la nation d'Allemagne, l'empereur d'Occident est devenu le patron reconnu de l'Université et particulièrement celui de l'Académie de Paris, quoique rien ne prouve qu'il ait résidé dans la capitale de la France. Proclamé saint par Pascal III, reconnu par Louis XI, il a été adopté par les recteurs de l'Université, accepté par l'archevêque de Paris, et ne cesse d'être acclamé tous les ans par les élèves de nos lycées. Espérons donc que nos enfants célèbreront longtemps encore avec plaisir cette bienheureuse fête, la Saint-Charlemagne.

AMIENS. — IMP. DELATTRE-LENOEL, RUE DE LA RÉPUBLIQUE. 32.

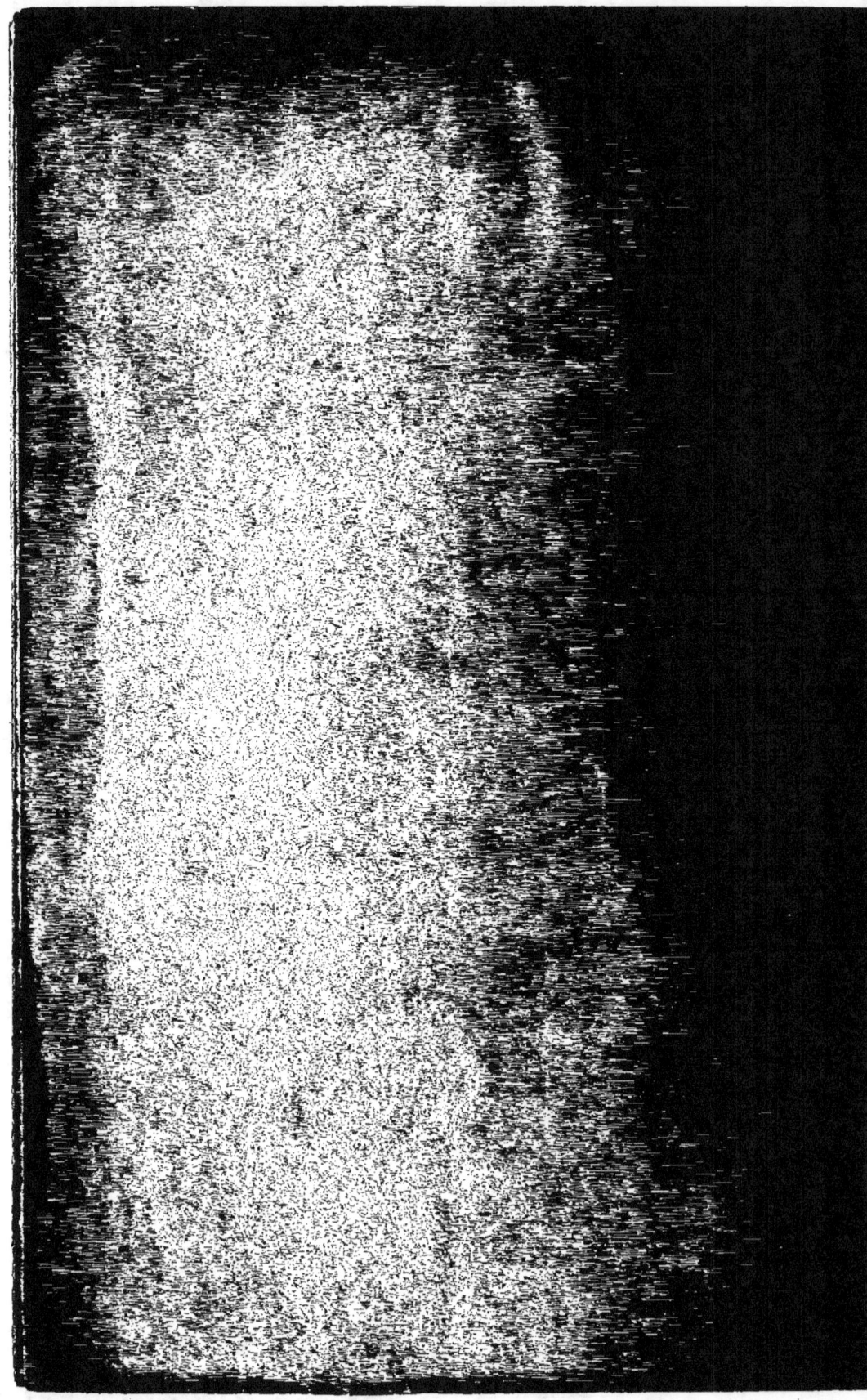